句集 青胡桃

永井みよ

文學の森

序にかえて

――「年輪」より句評抜粋

橋本鶏二

数珠玉や日照雨は川を越えてやむ

じゅずだまは水辺の草だ。よく歩く野川のほとりに、いつも秋になると目につく。青い実が黒紫色になるまでにはずいぶんと日数がかかる。糸を通してつないで、数珠にして遊ぶのでこの名があるのであろう。葉が猛々しく愛嬌のある草ではないが、それでも野趣があってよく眺めていると、秋水のほとりの一景物としての存在になくてはならぬものの感じがしてくる。

日照雨が野面の遠い空から虹のように降ってきて、身ほとりの数珠玉を艶やかに濡らし、雫をのこして去っていった。川を越えたあたりに、もうその雨は消えて後は嘘のように美しい空である。〝川を越えてやむ〟と言う感覚はさえざえと澄んで美しい。

（昭和五十一年十二月号）

方替への間借しばらく炬燵板

家を移るときその方角が悪いと言うので、そこからなら良い方角になる家へ一旦住居を定めて、其処から目的の處へ轉居をする。たった一夜だけそこで泊ってする方替えもあるのだろうが、この作は「間借しばらく」とあるので、ものの五六日近くも逗留をするのであろうか。一と間に炬燵をしつらえて方角直しをしている生活は、なんだか宙に浮いたような変な感じで、炬燵板そのものもしっくり身に添わないものであろう。われわれの人生渡渉の周囲には、ずいぶん興深いことがかくされているものだと思う。こう言う作に接すると、そんな事柄の見つけだされていることにおどろくとともに、そのこと自体すぐれた才能による全体だと言う気がして、みよさんに喝采をおくりたくなる。

（昭和五十二年二月号）

帚木の影うすうすと十三夜

十三夜というのは重々しい雰囲気だが、それをかるく詠んでいるのがいい。「うすうす」とあるので、帚木の影に差す十三夜の月明りがそのまま帚木の形を地に示していて、ただ帚木の月影というだけでなしに調和した美しさが倍になっているようだ。表現が柔和なので、誘われる余情に深度がある。それとともに、調和が美しいということのなかには帚木と十三夜とが渾然としてとけ合っているということがあって、これはたしかにこの物とこの物との或る環境の新しい発見であろう。

一つの新しい発見があって、それが多少の趣致を変えて繰返されて詠まれてゆくうちに、新しい美の観念がきずかれる。つまり一つの美しさの源流的な存在になるわけだ。

去年の十三夜（旧暦の九月十三日）は十一月二日だったから、そろそろ寒さが来初める頃、その頃の帚草は緻密に密生した小さい葉に薄い枯色が粧い初める頃なのかもしれぬ。順調にゆけば帚になる運命のこの帚木に、十三夜の月光はいかにも美しく暗示的な、刷くような白い光を与えている。この帚木はそのまま無事に帚に調製されて、そして、この庭の来年の十三夜を迎える日、この庭を掃くかも知れない。そんな物語は発生しないかも知れないが、するかも知れない。自然のいとなみと変化は絵巻のようで、そしていつも輪廻を思わせる。

十七文字に束ねられたこの句をゆっくりと解きほぐしてゆくと、芯のところからそんな感じが滾々と湧く。

（昭和五十五年二月号）

シャワー浴ぶ出窓の下の草引いて

出窓の下に草が生えて、意外に高く伸びたのでそれを引き倒した。髪から肩へ埃になったので、直ぐ湯殿へはいってシャワーを浴びた。出窓の部屋つづきの湯殿であるので、立った視線に引き倒した草が見えるのかもしれない。幾重かの玻璃戸があって、勿論シャワーを浴びている人は外から見えないのだが、透視画のように言葉が透けて、人物像のシャワーに濡れている飛沫が艶々しい。現実が暗示されて現実感以上のはたらきが感じられる。

なんでもないことをさらっと詠んで、その純粋さがほどよく一つの美しい感覚を生む手法は、この人独得のものだ。

（昭和五十五年八月号）

ボタン数多小筥につまり小鳥来る

糸が擦り減って取れたボタンや、何かに引ッかかってもぎ取られた外套や袖口の釦など、それらを必要な物として心覚えをしておくと、いつの間にやら小箱にいっぱいになっている。身を締める衣服に釦の多い季節が来て、空の端を光らせて枝の波立つそよぎに小鳥が来る日毎の、主婦の眼にはその小鳥と釦との照応のかがやきはなんとも美しく、釦が宝石に見える心地もする。感覚の光る句である。

日記や手紙は基本的に私的な性格をもったもので、決して芸術的なものではないが、その反面、その人の性格の顕現の点において、別の意味合いから生れる自由な作者の人としての営為がある。場合によるとこの方が、志向された窮屈なものより気楽に作者の胸へ這入ってゆける楽しさがある。

みよさんの句は、生命の充溢状態だけが創作と結びつくという風で無く、かなり自分の心まかせの気楽さの勝るところがあり、そこのところの、余り完璧を意識しないさらっとした点に特有の持味を持っている。天性そういう敏感と聡明の血が流れているのであろうが、この作にしても〈黄昏るる帰燕を遠見して呆け〉などの並列の作にしても、その緊密さのなかから一脈の自分をそのまま表出する一つの活力が、いきいきと生マに感じられる。

伊賀の句会でみよさんの何かの句を批評したとき、「みよさんの精神的な離れ業を見る心地がする」と言ったことがあった。ボタンに瞬間的に映発された神経が小鳥と結びつくあたりに幼い童女性があり、離れ業はみよさんのそういう天性の初々しさから滲み出てくるものなのであろう。

（昭和五十五年十二月）

優曇華や飼をせかされてむしやくしやす

優曇華は草蜉蝣の卵、天井や壁などに、白く花のように群れ咲く。夕べ、やや濃く部屋の灯影もくっきりとできる時刻であろうか。家のものが、とりわけて子供たちが夕飯はまだかと催促する。遅くなったと思っていそいで仕度をととのえているのに、せかされると途端にむしゃくしゃして尖った声も出そうになる。結びの〝むしやくしやす〟という言葉は乱れもつれるさまを意とするが、みよさんの場合は気の利いた言葉として、明るい母、若い主婦の明るい所作としてはねかえってくるようだ。読んで微笑を催すところのあるのはそのせいであろう。

優曇華が季語だから、それに調和することが根本をなす大切な意義であるが、この種の諷いぶりの句は、そこのところがほとんど作者の人柄の支えが物を言うことになる。「や」の切字につまり人格がこもるのだ。

（昭和五十六年八月号）

祭ほど人らあつまり虫送

境内がいっぱいになるほどの村人だった。本堂で経が読まれて、虫送に出る松明などをかざす人々が居並んで、僧に和して経をあげていた。経が終ると庭に出て、炎々と松明が焚かれた。松明を地に向けて、火屑を散らしながら街道へ出ると、虫送りの列は渓川に沿って橋を渡った。家々の軒に夜の燕が嘴を覗かせた。川を蔽う樹に蟬がさかんに鳴いた。火に照らされた真昼のようで、空の闇は火明に遠ざけられた。ひとときの群衆は赤い群像として浮いていた。

「祭ほど人らあつまり」というのは軽妙な直喩であり、描写を内蔵した表現だ、あっさりと風情が出ている。作者の表情がちらっと見える。ほんのひとときの、水の引くように消える思わぬ賑わいだが、それだけに果敢無い景だ。祭でもないのに祭ほど人があつまって、という情は果敢無い思いへのそれであろう。

（昭和五十六年十一月号）

星数へゐてがゞんぼに足踏まれ

星を見て立っている足にがゞんぼの止まった触感を感じて、「足踏まれ」と感じる。この程入院をしていたから、〈ポットに湯満たし安静つばめとぶ〉〈安静の五月すみれに実がふくれ〉などの句と同列、矢張り心境的にがゞんぼにも親しみを覚えたのであろう。

「星数へゐて」が乙女趣味的だが、がゞんぼに移ると少し変る。〈子雀と遊ぶガウンを引つかけて〉ほど動的にがゞんぼに触れたのではなく、そのまま足を動かして飛翔をうながしたのであろう。それぞれの作に一場面一場面を魔法の函のように積み重ねてあって、憂愁のかげりのない元気さを見せている。

（昭和六十二年八月号）

太陽に箸と皿置き海胆を割る

磯火にあたりながら海女が海胆を割って食べよ、とすすめてくれる。燦燦と天に日が照りわたり海浪は青く立ち、海女は旅人に海胆の肉をふるまおうというのである。

「箸と皿置き」は又いい、出色の構図だ。箸も皿も磯小屋の食事につかう海女のものだろう、「お前さんも女の人だからいいだろう」というので殊に作者にすすめたのでもあったろう。溢れる健康と原始生活の縮図のような器物の色彩感と、海胆の爛爛とした刺の潮ぬれの瑞々しさなど、それぞれのものがそれぞれに登場の感をいかにも切実にまとうている。

割った海胆の朱色の肉を箸にはさんで少しずつ舐めるのは、此の上ない美味しさである。詩が描き得る図を見事に描き得た作だ。

（昭和六十三年八月号）

句集　青胡桃／目次

装丁　三宅政吉

句集

青胡桃

十三夜

昭和四十七年〜平成元年

昭和四十七年

送別の宴にこだます遠花火

庭帳に子の字もまじり夏休

酒舗に嫁し十一冊目日記果つ

炉に近く冬眠の亀手に這はす

昭和四十八年

つかの間の夕虹かかる山桜

草笛を吹く子と街へ小買物

寿貞祀る日は香水をひかへ目に

我鬼忌過ぐ山百合山の奥飾り

宿下駄を鳴らして滝の灯に遊ぶ

石を切る朱墨の印十三夜

万灯会心明るくなりにけり

昭和四十九年

薔薇の卓姉二人居て母が居て

恙なく寿貞供養の暑にありぬ

なんばんは折れ夕虹は北に濃し

伊賀を出づる十二の峠翁の忌

昭和五十年

人にある別れ深雪に竜の玉

踏めば鳴る朴葉の下の霜柱

投函は無駄午後会へて柳の芽

知恵が欲し玻璃の朧に五体投げ

明日の日を記す庭帳青葉木菟

滝を落つる水滝壺にひろがりぬ
暑をしのぐ母許甕に水満たす

数珠玉や日照雨は川を越えてやむ

子は鳥に似し知恵石榴撒き散らす

音たてて菜を切るや冬はじまりぬ

ペンキ屋になるといふ子と笑ふ炉辺

昭和五十一年

初旅の峠芭蕉の碑に触れて

大寒の路地人影を風が消す

ジャケツの子強情な目を壁に向け

病む父に神の滴り賜り来

吉方の泉を飲みて父癒ゆる

樗の実ふるさとつねに吾に親し

月祀る秉燭御饌の他は照らず

初雁や半分で足る青蜜柑

赤とんぼ強情張れば吾子にあらず

部屋隅は物積みやすし銀杏散る

灯を漏らす隙間木の実を戸が挟み

癒えて汲む泉に冬が来てをりし

方替への間借しばらく炬燵板

昭和五十二年

吾に独楽は無理ヨーヨーは競へても

白酒の入荷嶺明かりウインドに
桃咲くやことごとく父母ありがたし

枇杷は実を溜めて蛙の目借時

ほととぎす鳴き田より田へ水満つる

病急祭の辻に医者を待つ

椋鳥渡る買物籠に葱折れて

昭和五十三年

満月を浴び薔薇の芽の濡れてをり

ふりむいてさよならを二度帚草

梅干して想ふ苦と楽紙一重

子狐と目が合ふ盆の谷の暁け

昭和五十四年

注連外す母の足継吾がささふ

蒸鰈くじ運弱き一家族

修二会　二句

火遊びのごとお松明振舞ひぬ

堂守の火桶にひびく僧の行

春暁の父の遺影に燭を足す

父恋し水の朧に夜風立ち

灯の紙魚を打たずひたすら父を恋ふ

花種を播きつつおもふ輪廻かな

煤けたる鍛冶屋の木椅子曼珠沙華

新松子十歳《とを》で人恋ひ初めにけり

帚木の影うすうすと十三夜
口笛は二重ジャケツの子が二人

めくりぐせつきし庭帳十二月

人祝ぐは水仙の香に似てゐたり

昭和五十五年

頬白の誘ひ鳴きして蕗の薹

春立ちて多忙鳥ほど動かねば

恋猫が屋根歩きをり皿を拭く

シャワー浴ぶ出窓の下の草引いて

街歩く単衣を買ひに来し母と

梅雨腐心いやな男に酒を貸し

愛されてゐると信じて火蛾を打たず

水中花揺らせ帰郷の師のうはさ

夜蛙がひびく葛饅頭揺れて

ボタン数多小筥につまり小鳥来る

黄昏るる帰燕を遠見して呆け

気がついて其処にひよどりじやうごの実

絨毯や師弟といふは懼れ多し

底冷に耐へて陶婚迎へけり

昭和五十六年

人かがやき初天神の日なりけり

宝石を畳にひろげ椿咲く

何を返さうか萵苣などいただいて
優曇華や餉をせかされてむしやくしやす

祭ほど人らあつまり虫送

月の湯に踵みがいてすべすべに

鶺鴒が雨を叩けば虹立ちぬ

昭和五十七年

笹舟を流す流れも恵方かな

餅切つて初瀬観音に詣でけり

夜出せば明日の消印朧月

河鹿啼く広き木蔭のさざなみに

眠る蝶見てはあつまり滝遊び

つまはじきして散らす露小鮒草

観阿弥の花道となる露の畦

昭和五十八年

白鳥の迷ひ来伊賀に新酒出づ

今はしあはせ山の日が鴛鴦に照り

水に羽乗せて鴛鴦流れをり

鴛鴦の群れすれ違ひ遠ざかる

昭和五十九年

犀川の無月の橋を渡りけり

犀川の茜の空を雁流れ

山々も兼好塚も粧ひぬ

セーターのモヘア吹かれて水に立つ

雪蛍綿を濡らさず水をとぶ

冬苺波打つごとくありにけり

冬苺鱒腹食べて鳥心地

昭和六十年

庭帳の綴紐白し雪催

藁塚の雪にふくるる三日かな

シュークリーム口に冷やりと初音きく

貸倒金もあるなり納税期

天道虫だましのゐるは男郎花

女郎花には七星の天道虫

臍の緒の二つの小筥冬銀河

昭和六十一年

おとなしく見えて強情餅ふくれ

寒さとは怖きもの滝氷らせて

札幌の無月の街に毬藻買ふ

初霜といふもよろこばしきかぎり

外套に入るる聖画《イコン》のドアの鍵

昭和六十二年

春愁や臍繰りかくすほどもなし

釜めしを食べて嵯峨野の別れ雪

ポットに湯満たし安静つばめとぶ

子雀と遊ぶガウンを引つかけて
星数へゐてがかんぼに足踏まれ

消灯後種ころがして枇杷をむく

病むは蟻地獄に陥ちし身のごとし

雷ひびく水に沈める白桃に

昭和六十三年

寒紅や何を奢るといふでなし

トラックの荷の蛤に覆ひ無し

長男は東京に職春の鵙

磯笛のしたたかなるはどの海女か

太陽に箸と皿置き海胆を割る

水引草やしかと自愛をこころせり

平成元年

篝火にあたためし手に破魔矢受く

西行の泉の空にさくら咲く
茱萸に実がついて弥生の国栖の谷

茅花摘み牛にはやらず馬にやる

赤き花食べ蛞蝓の腹赤し

水引草の風見て人を思ひをり

柴又の帝釈天にしぐれけり

木の実二つ沈め木に凍つ猴酒

玉虫

平成二年〜十六年

平成二年

平岩武一さん急逝

武一逝く黄菅黄に咲き素馨も黄

水壺に立つる真魚箸青山椒

星に生まれ濡れ蟬はいま真緑に
結納の儀なる秋扇帯に差す

ポインセチア置くシャンペンの試飲台

平成三年

苗代田の畦父子草母子草

水《すい》沢《ざは》の茶山卯波の海が見ゆ

白露や蕎麦の双葉にほのと紅

橋本鶏二先生の一周忌

一周忌修す雁来る伊賀の雨

どの星も大きく見ゆる十夜寺

平成四年

雀の子四股踏むことを覚えけり

穴を掘る螻蛄の早わざ鴉啼く

疲れ鵜を寝かせ鵜舟を洗ひけり

城灯る夜へ声漏らす語らひ鵜

曼珠沙華はげしく燃えて香を立てず

山茶花や蔵をかけ持つ廻り杜氏

伊賀に綯ふ八坂神社の白朮縄

火縄綯ふ村を貫く名張川

平成五年

修二会半ば紙衣はゐしきより破れ

水に挿す桜修二会の火に咲きぬ

紙衣僧仮眠おぼろは月より来

水取の落暉に浮かぶ東大寺

ふくよかな翁の耳朶に初音せり

韓国《からくに》岳のケルンの罅に春の雪

雨安居の僧に木賊の青さかな

夏鷹の森しんしんと佳き壺焼く

花水を張り飛鳥路の出穂匂ふ

便追や入鹿首塚出穂の中

平成六年

ゆるやかに撓める花の枝の重さ

開田高原千草に傾ぐ大厩

火山灰《よな》台地照りもろこしは大粒に

寿貞恋ふる芭蕉の一句霧に鵙

西行谷冬真清水に杓一つ

平成七年

落暉燃えつつ凍鶴となりにけり

吾も鶴もここは旅の地寒昴

折りたたむ旅の手鏡夜鶴啼く

野ざらしの比翼石棺笹子鳴く

ハンカチを浸すルルドの冬泉

かりばねの地より霧湧く伊賀盆地
千草踏みある日の記憶つなぎ合ふ

霧の鵙遺髪に鳴けり翁の忌

平成八年

初孫の菜月誕生

紅梅のごときうまごを授かりし

みどり児の白魚のやうな指ひらく

流灯にこころを燃やす信濃の夜

赤彦山房露の千草に浸りたる

大仏の胎内を出て榧拾ふ

平成九年

人はみなかりそめの身や白牡丹

星涼し背戸の水榴鳥を溜め

皇子の墓より玉虫の生まれ出づ

初鴨や安芸国原へ夫と旅

安芸の宿夜の噴水に篝焚く

平成十年

伏流の岩峨峨とあり山桜

鴉には鴉の器量山桜

上下と呼びあふ山家ほととぎす

蜘蛛産卵すすき二タ折りして籠り

深谷の闇押し開けて鹿火を焚く

雁来るや拭きて冷たき青畳

平成十一年

百千鳥散華は指に挟み撒く

仏沈めし林泉蜷の舞ひ歩く

たんぽぽの絮の真円聖五月

抱く子の寝落ちて重し立葵

木の実弾むあなたがここにゐるだけで

平成十二年

古草を踏み何を急くこともなし

抱けば眼を開ける人形桃の花

蝶生まる翅の重さを命とし

緑蔭にこだまを呼んで遊びけり

花水を落とす畦来る伊勢神楽

鮟鱇の肝食ぶ夫とかく生きて

平成十三年

雪踏むやいつも何かにあこがれて

子の大き瞳は大き意志桜鯛

ふえてくる家族の重み花八ツ手

平成十四年

雛鶏に毛布被せあり轆轤の座

絹羽鶏《うこっけい》の雛の擂餌に銀の匙

笹百合や静御前の逢瀬みち

木犀の香ぞ藩学の世へ及ぶ

抱き寝の子寝かせば泣くよ雪催

平成十五年

緋連雀注連に来て鳴く故郷塚

あるはずのなき別れあり辛夷咲く

狩のあと二タ声啼けり巣立鷹

烏瓜咲いて火星の芒強し

蛇口漏るる水の清《さや》かに十三夜

卓袱台に並ぶ団栗独楽いろいろ

ひよんの笛淋しきときは淋しき音

竹炭の反り美しき四温かな

平成十六年

蛍火を流し高鳴る室生川

空蟬の大き目何も映らざる

聖樹点滅ワインセロファンもて包む

青胡桃

平成十七年〜二十七年

平成十七年

長寿なる母抱き起こし初日浴ぶ

水音のひびく若菜を摘みにけり

踏切の赤き点鐘雪催

天智天皇に十人の皇子囀れり

生も死もままにならざり田螺鳴く

黄泉へ発つ母の袷のうすみどり

水音は蛍の舞曲観世の地

蛍とぶ母の郷なる観世の地

山百合の匂ひほのかに七七忌

皇子の墓青し太藺は水に折れ

せちに啼く雁や鶏二忌前夜なる

田に拾ふ落穂ひとすぢ鶏二の忌

平成十八年

伊勢の餅伊賀に来て焼くどんどかな

土芳忌の香のむらさき雪催

寒垢離の女人うすももいろとなる

初蝶追ひ来たり聖母子像の前

光琳忌薔薇の切り口火に焦がす

慈母観音百寿観音みどりさす

かなかなの声の翳りも刑場址

不器用に徹し榠樝の意固地なる

綿虫追ふやがてそのまぼろしを追ふ

平成十九年

桜咲く東寺の立体曼荼羅に

芭蕉が土芳と二十年ぶりに再会した折の句
「命二ツの中に活たる櫻哉」の字余りのの話を聞いて

土芳忌の「命二ツの」のの話

地主桜咲く恋占の石二つ

蕗の葉に包む日待ちの豆の飯

戯画を見しその夜蛍の火を浴びぬ

あめんぼに雨の水輪の浄土かな

何をくよくよと零余子がこぼるるよ

秋風やきれいに残す魚の骨

鳥屋の鷹のぞきに昇る月の階

平成二十年

鯉の吐く水の花なす恵方かな

国栖奏のとろりと甘き一夜酒

伊賀富士にかかる巻雲籾浸す

隠れなき宇陀の棚田の大桜

畦を来て阿綺野の宿の春子飯

濠蒼き垂仁陵に水鶏啼く

浮巣より暮れゆく田道間守の墓

伏流は隠り世の音蛍とぶ

奥飛鳥水の中まで曼珠沙華
通草の実哲学者なる脳のごと

振り向けば誰も居ずなり吾亦紅

六道の辻綿虫に憑き憑かれ

落柿舎の畦に来てゐる暦売

戯画鳥獣巻かれて小さく冬眠す

小賢しき御高祖頭巾の戯画狐

戯画一巻終る枯枝に梟ゐて

高山寺広縁に湧く雪蛍

平成二十一年

一穢なき雪踏む修学院離宮

雪しぐれ一字写経の金閣寺

蝶は声出さねどお喋りかも知れぬ

菜箸を焦がし茄子焼くチェーホフ忌

龍の性覇者の性見せ滝落つる

玉羊歯にがんぼが揺れ井水湧く

百度石の石の字に点法師蟬

火や恋し遠稲屑火《とほいなしび》は夜へ残り

木の実にも御面相あり表裏あり

賢哲か愚鈍か榠樝かちんこちん

鳥屋の鷹鬨の声出す鶏二の忌

実むらさきこぼれて氷る故郷塚

一休は皇子なり廟に雪蛍

一休遺偈掲げ障子の桟太し

平成二十二年

山火立ち塔にうすうす雪を敷く

赤い実を食べ鳥の恋はじまりぬ

地下鉄を出で府庁舎の落花浴ぶ

眼福や花の日照雨が雪となる

洛西の御狩場跡の青時雨

山茶花の山門くぐる詩仙堂

漢詩撒くごと紅葉散る詩仙堂

橋本鶏二先生の句碑建立

しぐれ虹塔に寄り添ふ鷹の句碑

平成二十三年

鷹の舞ふ初空一《いつ》に塔と句碑

解け初めし甕の氷のみな丸し

花種を播く聖餐を終へし庭

落ちし万年筆《ペン》先が床刺し万愚節

どちらともつかぬ勝敗木の実独楽

それはそれは太し斎庭の穴まどひ

犬鳴けば猫も鳴くなり文化の日

炬燵狭しどの子の足も大きくて

鷹消えてゆく天辺といふ高さ

鷹つれて鷹匠酒屋へ酒買ひに

平成二十四年

かたやき割る小さきとんかち春隣

詰めて座る日向のベンチ梅の花

左右にひらく燭台の窓巣鳥啼く

黄心樹《をがたま》の花咲く小御所蔀上ぐ

蝶たやすく建礼門を出で入りす

流鏑馬の馬場を鎮むる朝桜

流鏑馬や源氏ゆかりの花の馬場

流鏑馬の騎馬早蕨の野路より来

青胡桃瀬音高鳴る伊賀郡

朝空に鷹舞ふ伊賀の紅を摘む

京染師伊賀の紅花愛でて摘む

玉虫のたましひ玉虫いろだらう
雁啼くやみほとけの衣のゆるやかに

牛眠る頃や欠けゆく月に暈

唐辛子辛さまつたうせし形

厩の牛いかにも寒さうなる暗さ

平成二十五年

土筆摘む絶頂といふ日のあらず

雀の子南極観測船に乗る

夫も吾も老いて醍醐の花見かな

蝶が吸ふ小町の化粧井戸の水

亀の子の手足はづるるほど泳ぐ

立ちあがる牛のよろめき罌粟坊主

牛飼の軒より暮れて蛍とぶ

開け閉ての其処此処に冬はじまりぬ

平成二十六年

ほくり咲く伊賀に小さき鶴の塚

初蝶は初恋に似てよごれなし

紅梅にたそがれてゆく東大寺

大太鼓ひびく地獄の釜の蓋

鯆ふかくはしる丁石田螺鳴く

絵馬殿の枢の妻戸桜咲く

青梅雨や牧牛に置く塩の皿

驟雨去る牛の睫毛のしづくして
さざなみは生絹のごとし川蜻蛉

目の聡き仔牛晩夏の角生まれ

鰭を振るだけで愛され熱帯魚

錦蓋の鈴こそ佳き音雁渡し

秋冷や神輿の轅地に下ろす

鷹止まりゐる欄干の雪の上

平成二十七年

紋様を閉ぢ凍蝶となりにけり

からたちの棘に囲まれ蝶凍る

初蝶やシャーペンの芯振れば出づ

追而書《おってがき》桜隠しの夜とありぬ

あめんぼの水輪金色金閣寺

万緑や鯉の吐く息うすす紅に

牧の牛月光分かち合うて寝る

露草の露をぞ愛づる齢なり

柚子湯してこの世捨てたるものでなし

あとがき

　伊賀に生まれ生涯伊賀を出ることなく、豊かな自然の限りない恩恵につつまれ俳句と出合い、四十五年の歳月が流れました。

「年輪」誌の四代にわたる師、橋本鶏二、早崎明、岡崎光魚、坂口緑志の各先生にご指導をいただき、また先輩諸氏のお蔭で長い道標をたどることができました。ありがたさをしみじみ感じております。

「氷水はコップをとおして露がこぼれるが、普通の水は露さえ浮かばない。感覚と言うのは磨けば澄んで高くなる」という鶏二先生のお言葉に近付くには、まだまだ遠い道程であると思っております。

　このたび力強く支えてくださる先輩に背中を押していただき、拙い句ばかりですが、なつかしくまたいとおしく思える句に独り笑いを浮かべつつ、句集を編むことにしました。

緑志先生には、ご多忙の中、「年輪」に掲載された中から再度ご選をお願いしご高配を賜りました。ここに謹んで御礼を申し上げます。

母許に行き来する伊賀街道に沿って流れる木津川のほとりで詠んだ、

青 胡 桃 瀬 音 高 鳴 る 伊 賀 郡

の句から、書名を『青胡桃』としました。

この句集を刊行するにあたり「文學の森」の皆さまに大変お世話になりました。厚くお礼を申し上げます。また、お励ましや助言を下さいました先輩句友、そして私の我儘を許して見守ってくれる家族に、感謝の気持でいっぱいです。

平成二十八年八月

永井みよ

著者略歴

永井みよ（ながい・みよ）　本名　美代

昭和14年３月８日　三重県伊賀市生まれ
昭和47年より橋本鶏二先生に師事。「年輪」入会。
没後、早崎明先生、岡崎光魚先生、坂口緑志先生に
師事し現在に至る。
昭和55年　年間努力賞受賞
昭和58年　年輪新人賞受賞
昭和63年　三重県文学新人賞受賞
平成２年　年輪賞受賞
平成27年　汝鷹賞受賞

現　在　「年輪」同人、俳人協会会員
　　　　芭蕉祭献詠俳句学童の部選者
　　　　芭蕉翁顕彰会評議員
　　　　三重県俳句協会副会長

現住所　〒518 - 0809　三重県伊賀市西明寺623 - 1
電　話　0595 - 21 - 0205

句集　青胡桃《あおくるみ》

年輪叢書第一六七号
平成俳人叢書
発　行　平成二十八年十月十五日
著　者　永井みよ
発行者　大山基利
発行所　株式会社　文學の森
〒一六九-〇〇七五
東京都新宿区高田馬場二-一-二　田島ビル八階
tel 03-5292-9188　fax 03-5292-9199
e-mail mori@bungak.com
ホームページ http://www.bungak.com
印刷・製本　竹田　登

ISBN978-4-86438-579-4　C0092